My first Arabic Book Of
أعداد

Wonder House

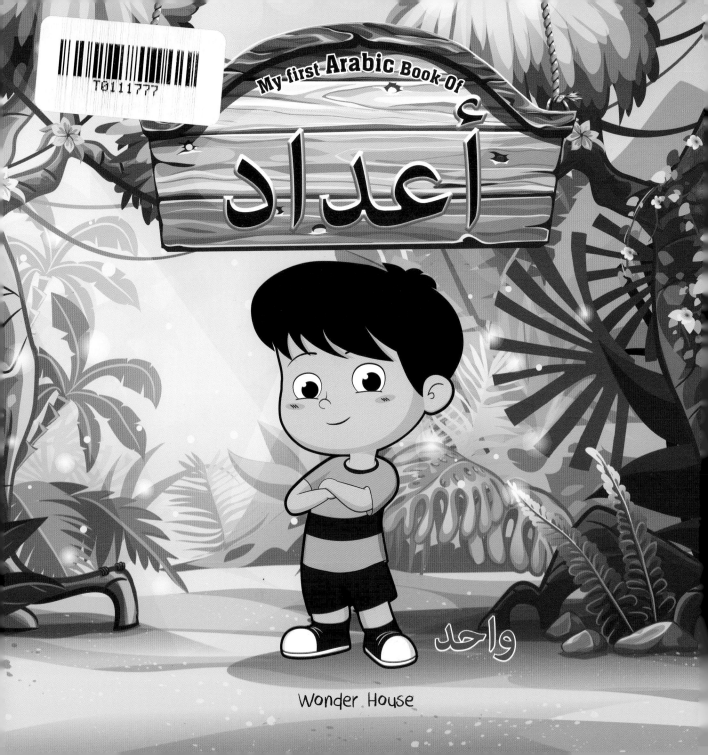

one boy

واحد

(waaHid)

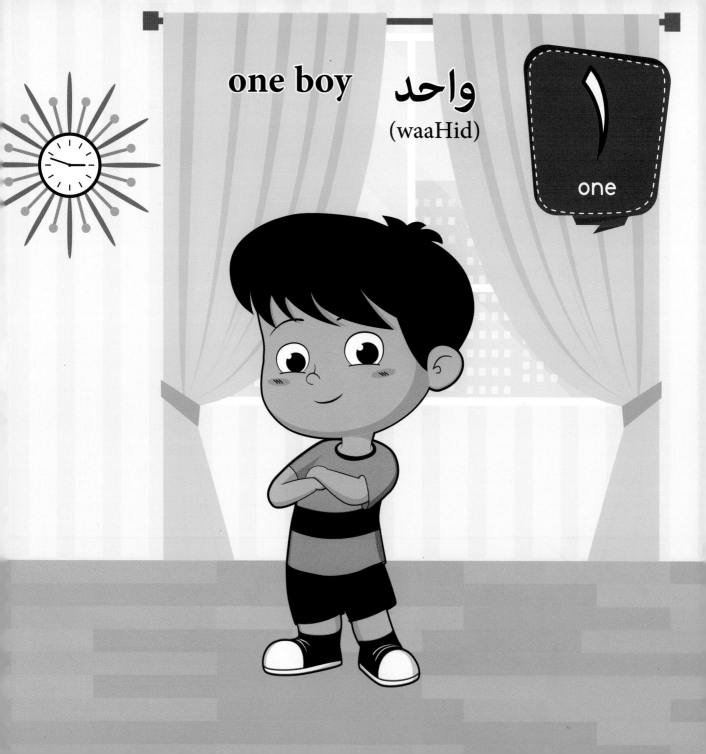

two cats **اثنان**

(Ithnaan)

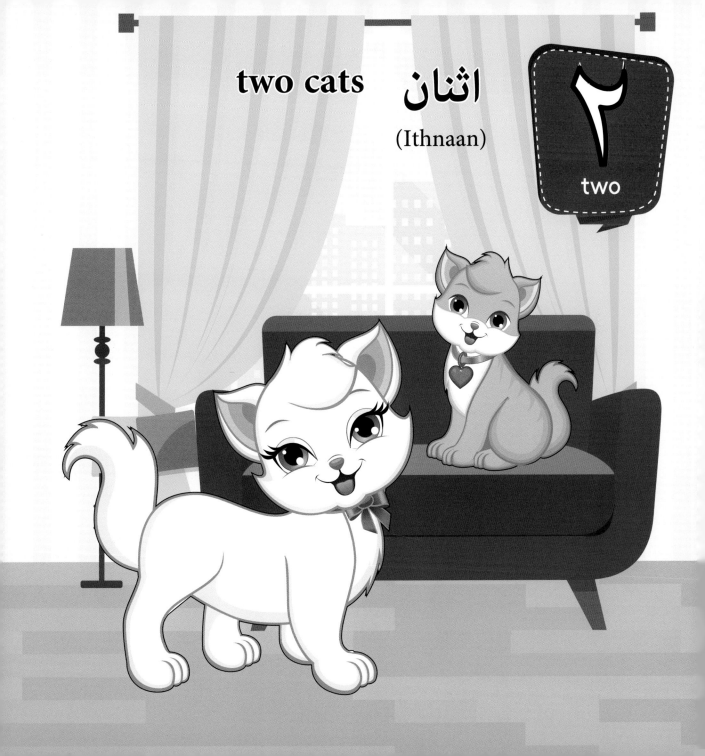

three birds ثلاثة (Thalaatha)

٣ three

٤
four

أربعة

(arba‘a)

four goats

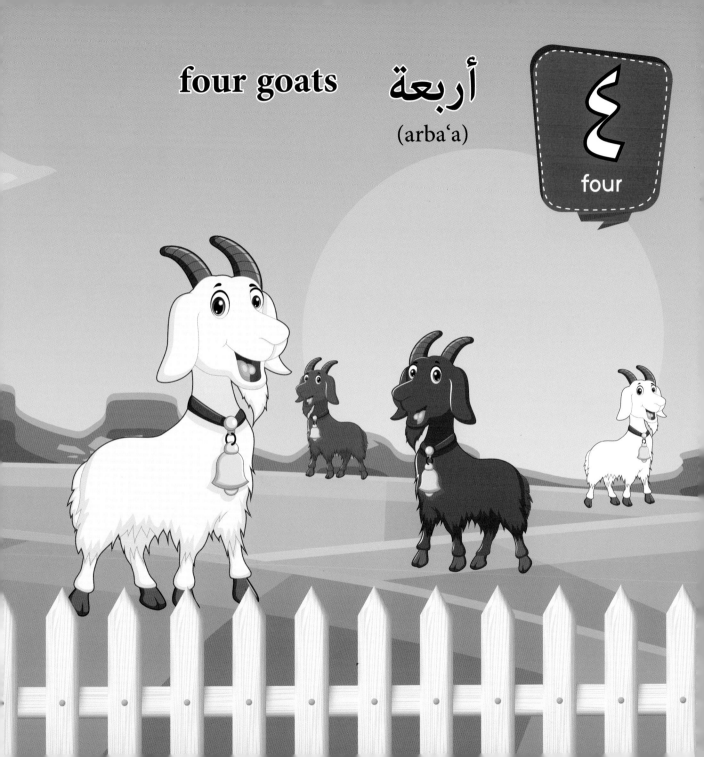

five kites خمسة
(khamsa)

five

six hot air balloon ستة
(sitta)

٦
six

seven apples سبعة

(sabʻa)

٧

seven

eight bats   ثمانية

(Thamaaniya)

٨

eight

nine squirrels تسعة

(tis‘a)

٩

nine

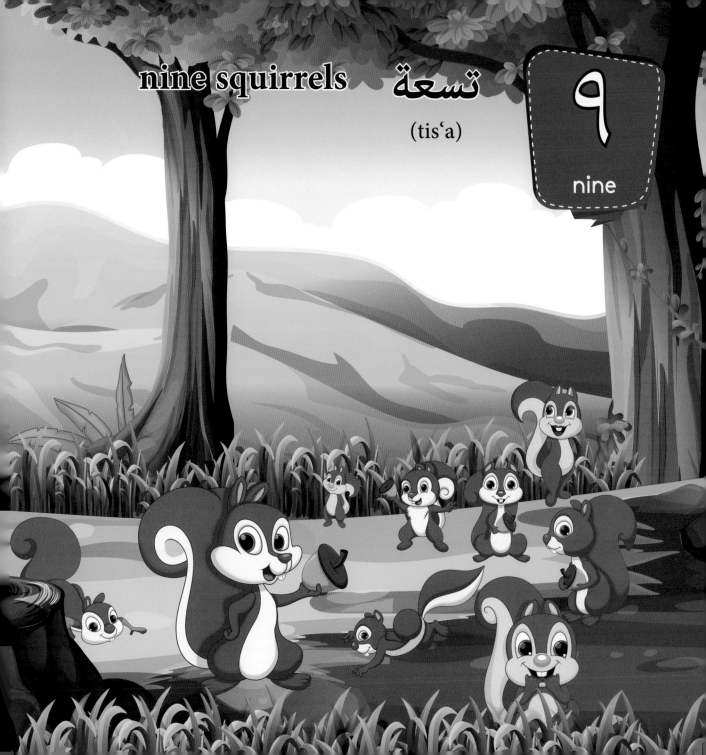

ten bees

عشرة

(eshr)

١٠

ten

تطابق الكائنات التالية مع الأرقام المحددة

٥

٣

٢

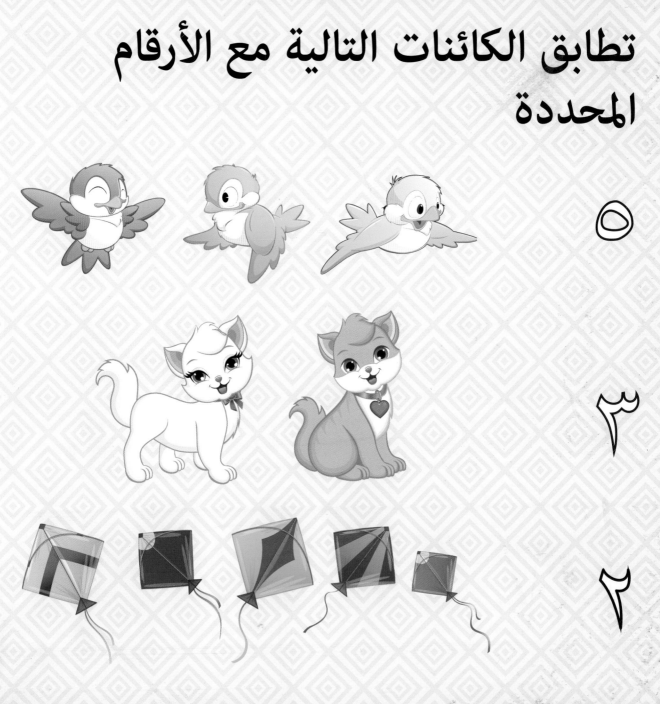

اكتب العد واحد إلى عشرين

١١ eleven

أحد عشر
(aHad ‘ashar)

eleven octopuses

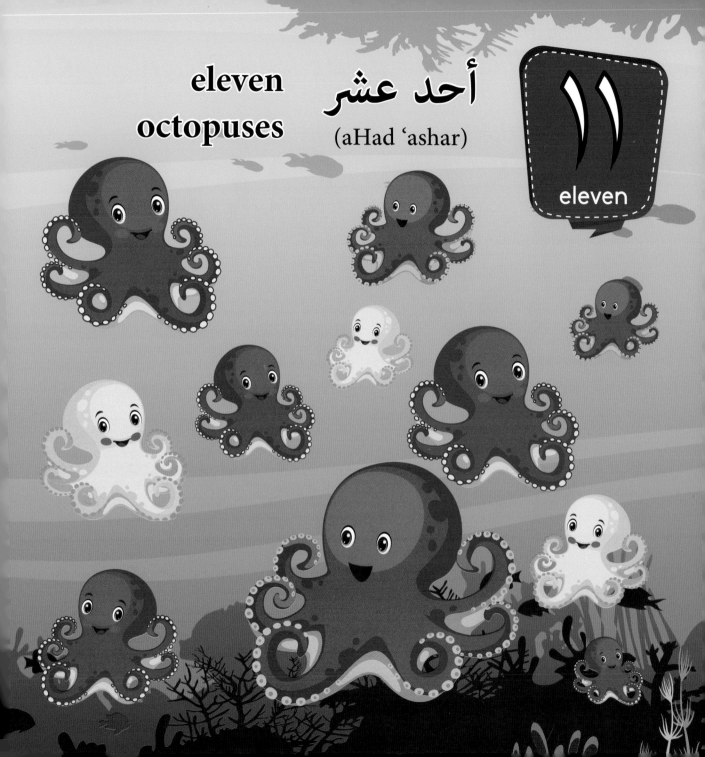

١٢
twelve

اثني عشر

(ithnaa ‘ashar)

twelve dolphins

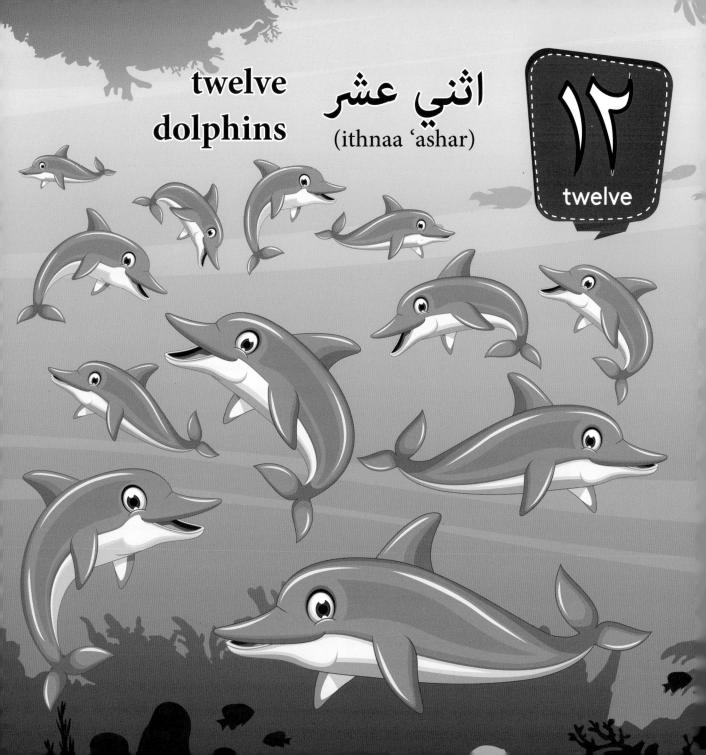

thirteen flowers

ثلاثة عشر
(thalaathat 'ashar)

١٣
thirteen

fourteen
butterflies

أربعة عشرة

(arba'at 'ashar)

١٤

fourteen

fifteen books خمسة عشر

(khamsat ʻashar)

١٥ fifteen

١٦
sixteen

sixteen photo frames

ستة عشرة

(sittat ‘ashar)

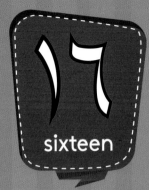

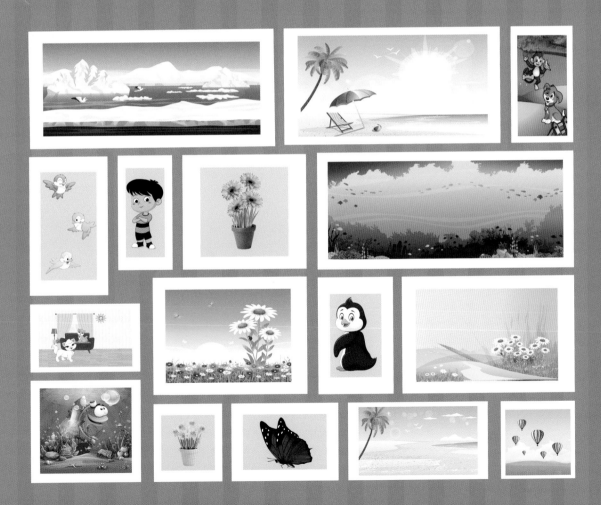

١٧

seventeen

سبعة عشر

(sab‘at ‘ashar)

seventeen tortoises

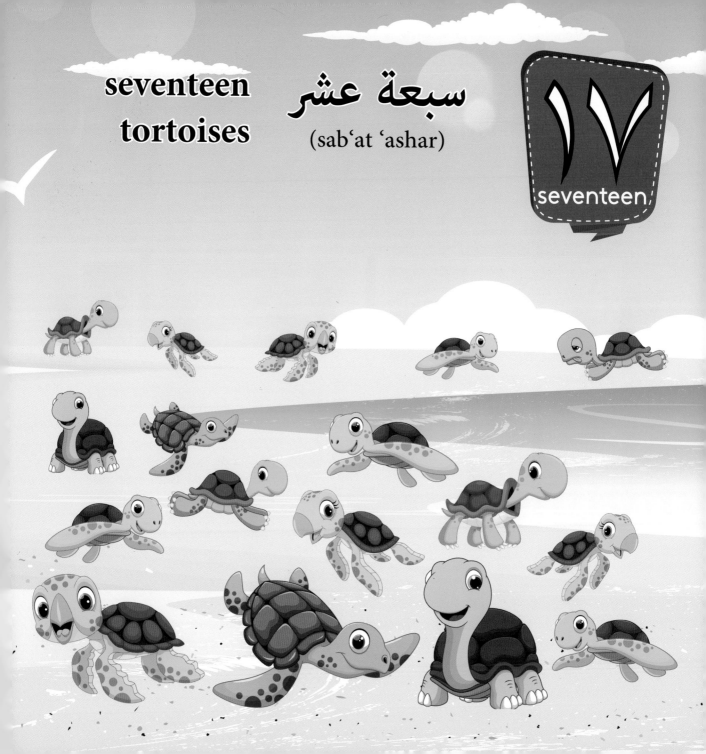

١٨

eighteen

eighteen shells

ثمانية عشر

(thamaaniyat ʻashar)

nineteen
puffins

تسعة عشر
(tisʻat ʻashar)

١٩

nineteen

twenty penguins عشرون

'ishriin

٢٠

twenty

عد وكتابة الحيوانات المقدمة